KB092166

대숲에서

임재화 시집

QR코드

시 : 대숲에서
시낭송 : 박영애
※ 스마트폰으로 QR 코드를 스캔하여
  시낭송을 들을 수 있습니다.

도서출판

시인의 말

하얀 백지 위에
담아내는 검은 글씨를
이왕이면 향기로운
말과 글 되어서

시인의 맑은 마음을
글을 읽는 임들에게
선물하고 싶어요.

비록 직접 만나지는 못하고
글로서 임들과 만나더라도
바로 곁에서 만난 것처럼

아름다운 맘과 맘은
서로 고운 향기를 풍기며
맑은 우정으로 거듭 태어나

늘 향기롭고
범사에 감사하고
옹달샘 물이 퐁퐁 솟아나듯이
오염되지 않은 순수함으로

우리들의 아름다운 마음도
좋은 인연의 샘물 되어 솟아나
작은 시냇물을 이루고 강물이 되어
큰 바다로 흘러가리라

ㅡ 「 시인의 마음 」 전문

시인의 말

위 시에서와 같이 내가 시인으로서 시를 짓는 마음이다. 부족하지만 시인의 순수한 감성으로 지은 시를 선별하여 첫 시집을 내게 되어 행복하다. 인연이 닿게 되어 시를 읽고 감상할 수 있는 독자들의 마음에도 작은 위안이 되고, 현실에서의 버거운 삶에 지친 영혼을 위로받을 수 있기를 간절히 기대해본다.

마음속에 소중히 간직해 두었던 시심을 그대로 묵혀 두지 않고 꺼내어 시를 쓸 수 있도록 해주신 사단법인 창작문학 예술인 협의회 김락호 이사장님과 대한 문인 협회 여러 문우 시인님들 그리고 도서출판 「시음사」 편집부에도 깊이 감사드린다. 끝으로 무엇보다도 사랑하는 가족에게 고마움을 표하고 싶다.

2013 여름, 임재화

제 1부
대숲에서

제 2부
작은 행복

제 3부
바람이 전하는 말

제 4부
그대의 향기

제 5부
시인의 마음

제 1부 **대숲에서**

언제나 푸른 대숲에는
늘 여유로운 정과 마음이 있고
살랑살랑 부는 바람에
댓가지가 조용히 흔들립니다.

조막만 한 참새들의 보금자리는
언제나 대숲을 정겹게 만들고
늘 푸른 색깔은 이웃한 솔숲과 화합하여
버거운 삶에 지친 마음에도
빙그레 웃음 찾아들게 한답니다.

산수유

지난겨울 매서운
추위를 잘 견디어내고
자락 봄비 내리는 오늘

양 짓 녘 비탈진 곳
산수유 나뭇가지 끝에
노란 꽃이 곱게 피었다.

조용히 봄비 내리는 오늘
영롱한 물방울이
올망졸망 꽃송이와 함께 어울려
고운 모습으로 방긋 웃는다.

촉촉하게 젖어든 대지에
그윽한 꽃향기 피어나
시린 가슴을 보듬고

귓가에 조용히 다가와
속삭이듯 내리는 봄비 소리가
메마른 가슴을 적신다.

풍경

아침 풍경

하얀 안개 드리운
산자락 아래
길게 이어진 철길 옆으로

노란 개나리 피어나서
앙증맞게 봄을 노래하고

멀리 실개천 넘어
너른 들녘에서

이른 아침
농부들 밭갈이 한창인데

달리는 차 창 밖으로
조용히 젖어드는
시골 농촌의 아침 풍경

금잔화 연가(戀歌)

한 송이 금잔화가
갑자기 찾아온 꿀벌에게
화들짝 놀라 얼굴 붉히며
노란 꽃잎을 열었습니다.

여러 겹으로 둘러친
자신의 맑은 가슴속을
한 마리 꿀벌에게
갑자기 기습당하였네요.

동전만 한 꽃잎 속에는
아주 작은 사랑의 돌기가
빼곡히 들어차 있습니다.

따사로운 햇볕 쬐는 오후
작은 꿀벌 한 마리가
가슴속의 달콤한 샘물을
조용히 빨아먹고 있습니다.

이웃한 꽃밭에는
호랑나비 한 마리가
이꽃 저꽃 사이로 날아다니며
고운 모습에 반해서
잠시도 가만히 잊질 못합니다.

금잔화 곱게 웃음 짓는 꽃밭에
민들레도 함께 피어나
자신의 소박한 아름다움을
은근히 뽐내고 있습니다.

봄비

어젯밤 내린 봄비에
수양버들 가지 끝에 맺힌
연초록색이 점차로 길어지고

솔잎에 맺힌 물방울도
진주처럼 영롱하게 빛나
고운 봄 향기를 내뿜습니다.

자락 봄비가 내릴 때
언덕 위 숲 속에도
촉촉이 젖어드는 오늘 하루

메말랐던 내 마음 밭에도
촉촉한 봄비가 내려
맑은 기운이 흐른답니다.

대숲에서

QR코드
시낭송 : 박영애

대숲에 바람이 찾아와
변함없는 절개를 시험하고
솔숲에는 청정한 마음이
자리 잡고 있습니다.

하얀 돌 틈 사이로
졸졸 흐르는 시냇물을 바라보며
이마에 흐르는 땀을 식히고 있노라면

어느덧 버거운 삶에 지친 영혼을 추스르고
또다시 힘차게 도전할 수 있는
용기가 샘솟습니다.

언제나 푸른 대숲에는
늘 여유로운 정과 마음이 있고
살랑살랑 부는 바람에
댓가지가 조용히 흔들립니다.

조막만 한 참새들의 보금자리는
언제나 대숲을 정겹게 만들고
늘 푸른 색깔은 이웃한 솔숲과 화합하여
버거운 삶에 지친 마음에도
빙그레 웃음 찾아들게 한답니다.

15

한매(寒梅)

올해도 어김없이
매화나무 가지에 함초롬히
자그마한 사랑이 열려 있네요.

부는 바람은 쌀쌀맞아도
따스하게 내리쬐는
양 짓 녘 햇살에
그윽하게 사랑이 움트는군요.

여린 가지마다
마치 싸락눈처럼 다닥다닥
조그만 사랑이 매달렸어요.

아무리 매서운 바람도
가슴속 깊숙이 움트는 사랑을
도저히 막을 수 없었나 봐요.

엊그제 강추위에
앙증맞은 매화꽃이 삐~쭉
하얀 얼굴을 들었습니다.

동백 연가(戀歌)

어쩜 저리도 어여쁜지요.
부끄러운지
살며시 고개 숙인 그대여
짓궂은 바람은
마냥 그대를 놀려댄다오.

어쩜 저리도 그윽한지요.
남모를 기개를
그대의 가슴에 담고
사랑은 붉은 눈동자에 서려 있어요.

어쩜 저리도 사랑스러운지요.
내 가슴이 울렁울렁
그대를 사모할 수밖에
별다른 도리가 없답니다.

노송(老松)

벼랑 위 노송 두 그루
오랜 인고의 세월을 견디어내며
말없이 서 있다.

눈 들어 건너편
산비탈에 쌓인 흰 눈을 볼 때
한 줄기 바람이 불어
노송을 흔들고 지나간다.

우뚝 서 있는 노송 한 그루
나뭇가지에 쌓인 눈이
지나는 바람 앞에 우수수 떨어져도
그 모습 위풍당당하던데

옆으로 비스듬히
기울어진 또 다른 노송은
부는 바람 앞에서
차마 버티기도 힘겹다.

그동안 인내로 견디어온 세월이
오래되어 연륜의 지혜 있음 직한데
지나는 바람에 견디는 방법이
너무나 다른 모습이구나.

벼랑 위 노송 두 그루의
서로 다른 모습을 비교하면
삶의 지혜를 얻을 수 있으리라.

하얀 안개

온 세상이
하얀 안개로 가득한
이른 아침 어느 날

푸른 하늘도
밝은 햇살도
산천 초목도 잠시 숨을 멈추고
안개만이 자욱하다.

보이는 것 없고
희뿌연 안개만 가득하니
그냥 마음이 답답하고
몸도 움츠러든다.

눈을 감아도 볼 수 있고
귀를 막아도 들릴 수 있도록
마음의 눈과 귀를 닦아서
언제 어디서나
눈 밝은 이 흉내를 내고 싶다.

온 세상이
오직 하얀 안개로 가득해
한 치 앞도 보이지 않는다.

솔바람

모두 나란히 팔 벌리고
서 있는 솔숲에
바람은 이따금 소식을 전합니다.

처음 찾아오는 솔바람은
그리운 이 잘 지내고 있다고
속삭여주고 지나가고,
다시 찾아오는 솔바람은
봄기운을 조금씩 실어오네요.

솔숲에 홀로 가만히 서 있을 때
살랑 솔바람이 불어오면
가느다란 잔솔가지는
아기가 조막손 흔들듯이 앙증맞고

솔가지 무성한 굵은 소나무
늘 푸른 모습이 당당하고
다시 바람이 불어오면
조용히 봄 손님 맞을 채비를 합니다.

솔숲에 바람이 찾아오면
잔솔가지 아름답게 춤을 추고
어서 봄볕이 찾아오라고
웃음소리를 내고 있습니다.

좋은 만남

우리는 좋은 친구라
부를 수 있나
만남은 억지로는 될 수 없는 것

서로가 오랜 세월 동안
인연 있어서
만날 수 있게 되는 거지

좋은 우정이란
그냥 바란다고 얻어질 수 있나
어느 날 조용히 내게 찾아오는 거지

그대를 생각만 해도
가슴이 막 울렁이는 것을 알게 될 때
우리의 만남은 하늘의 인연이
맺어준 것이라오.

좋은 만남은 아름답고
맑으며 순수하니
깊은 산 옹달샘 물이 이와 같으며
솔바람 맑은 기운이 이와 같을까

산중 깊은 곳에서
한 송이 피어난 난초 꽃은
아무도 보아주는 이 하나 없어도,
절로 향기를 내뿜고
맑고 순수한 인품은 글 한 줄로도
넉넉하고 향기로워라.

우리의 우정도 이와 같아서
글 한 줄 말 한마디에도
그냥 서로 마음이 통합니다.

좋은 만남은
좋은 우정으로 이어지고
넉넉한 인품의 향기 풍기겠지요.

사랑으로

사랑으로 살아가는 세월은
날마다 범사에 감사하면서
나날이 새롭습니다.

멀리 떨어져 있는 가족을
날마다 가슴에 담고서
살아가는 나날들은 이렇게 애틋합니다.

사랑으로 살아가는 하루하루가
얼마나 감사하고 얼마나 행복한지는
사랑이 이 가슴에 철철 넘칠 때만
느낄 수 있을 뿐이랍니다.

또다시 가슴이 막혀 마음 문이 닫힌다면
하루하루의 생활이 버겁게만 느껴지는
어느덧 중년의 삶이겠지요.

운문사(雲門寺)

안개 자욱한 대가람
호거산 운문사(虎踞山 雲門寺)
아름드리 전나무도
잠에 취해 있다.

너른 법당 뜨락은
먼지 하나도 없이
너무나 정갈하다.

자락 내리며
가만히 어깨를 누르는 안개비 속에
운문사(雲門寺)는
조용히 참선에 들었다.

*운문사(雲門寺) : 경북 청도군에 있는 큰 사찰의 이름

춘란은 미인과 같아

살포시 미소를 지으며
가슴속에 그윽함을 머금고
깔끔한 속내를 말없이 내보입니다.

춘란은 미인과 같아(春蘭如美人)
속됨과 사 됨은
아무리 눈을 씻고 찾아보아도
도저히 찾을 수 없으니
그대는 선계(仙界)의 미인
군자의 천생배필이리라.

한 손으로
살며시 감아쥔 치맛자락 같은 잎 모양과
세류요(細柳腰) 가는 허리는
더도 덜도 없는 조화(造化)의 예술
오직 먹는 것은
한 방울 맑은 이슬뿐이네
춘란은 선계의 미인(美人)이어라.

*세류요(細柳腰) : 버드나무의 가지처럼 가느다란 허리라는 뜻

쑥부쟁이

맑고 푸른 하늘에
뭉게구름이 그림을 그릴 때
가을바람이 고개를 넘어서 다가온다.

등산로 초입에 매미 소리 아직 들리고
타박타박 걸어가는 숲길 좌우로
억새 환하게 웃음을 머금고
쑥부쟁이 고운 모습으로
마냥 수줍어 고개 숙였습니다.

가녀린 허리에
하늘거리는 보랏빛 고운 모습이
그대는 정녕 가을의 여심(女心)
차라리 붉은 석류보다 더욱 가슴이 붉다.

쑥부쟁이 바람에 하늘거리며
너무나 사랑하는 임을 향해서
오롯이 그 수줍은 향기를 날린다.

연못가에서

장맛비 종일 내려서
연못에는 맑은 물이 넘쳐흐르고
하늘에는 흰 구름이 한가롭다.

연잎에 맺힌 물방울이
오후의 더위 속에서
또르르 구르고

한 줄기 맑은 바람이
건듯 불어오니
연꽃의 향기가 그윽하다.

비 갠 뒤의 연못은
너무나 잔잔하고 맑아서
물 위에 비친 그림자가 다채롭다.

노란 달은 흐르고

새벽어둠이 미쳐 걷히지 않은
미명의 시간에 둥그렇고 노란 달이
서쪽 하늘 저편으로 구름과 함께
넉넉한 웃음 지으며 흘러갑니다.

동쪽 하늘에서는
먼동이 떠오르려 희붐한 색깔로
바다와 구름과 하늘이 사이좋게
상쾌한 아침을 준비합니다.

어디 하나 모나지 않은
노란 달의 얼굴이
여유롭고 온화한 어머님 같아서
가슴에 열린 사랑을 듬뿍 담고서
구름 속으로 흘러갑니다.

저녁의 향기

어둠이 짙게 내려앉으며
그윽한 향기를
고요히 내뿜습니다.

언제나 현실의 삶이
버겁더라도
날마다 다짐하는 감사한 마음

하루일 마감에 앞서
온종일 스스로 힘들었던 마음을
조용히 가다듬어봅니다.

오늘도 감사히 하루를 마감하면서
무거웠던 마음을 잠시 내려놓고
가만히 호흡을 다스려봅니다.

실바람 앞에서

싱그러운 실바람 앞에서
초록으로 곱게 단장한 나뭇잎
조용히 살랑거리며
마냥 수줍어 고개를 돌립니다.

숲 속에서 눈을 지그시 감고 있노라면
귓가에 살며시 들리는 소리
나뭇잎들의 속삭임, 속삭임 들

멀리서 날아온
이름 모를 작은 새 두 마리
부지런히 날갯짓하며
도란도란 이야기를 나눈답니다.

미인(美人)

한 송이 오롯하게 피어난 임을
붉은 이 내 가슴에 품고
날마다 사랑하고 싶어라

너무나 순결한 그대를 보며
이 내 가슴을 활짝 열어놓으면
그대가 그윽하게 안겨들고

이 내 마음 문을 닫으면
그대는 그저 단순한
한 송이 평범한 꽃으로 변합니다.

아~ 너무나 연약한
그대 한 송이 난초 꽃은
그윽한 향기 머금어
절로 성스런 미인의 모습입니다.

제 2부 작은 행복

누구나 삶을 살아가면서
행복을 꿈꾸며
그 희망으로 어려움을 이겨낸다.

억지로나마
행복을 잡으려고 하면
어느새 저 멀리 달아나고

조금이라도 욕심을 버리고
마음을 비우는 노력을
게을리하지 않으면

작은 행복은
어느 날 나도 모르게
내 곁에 조용히 찾아온다.

아침의 향기

바람도 숨을 멈춘 이 시간
아침의 고요한 향기가
폴폴 납니다.

새들도 잠을 자는 이 시간
구름도 조용히
산 능선 위에 머물러 있습니다.

하늘, 구름, 바람
솔숲, 대숲, 졸참나무숲

아침의 싱그런 기운은
피톤치드 향기를 가득 전하고
맛깔스러운 차 한 잔에
또다시 하루를 시작합니다.

못다 핀 꽃

수줍어하며
살포시 꽃을 피워올리다
갑자기 숨을 멈춘 난 꽃 한 송이

오롯이 껑충한 꽃대 하나가
조용히 잠들어 있다.

어떤 사연 있어서
못다 핀 꽃이 되었나

홀로 숨을 멈추고
깊은 꿈속에 젖어들었어요.

언제나, 또다시 난 꽃을 피우고
그윽한 난향을 풍기려 하는지
너무나 궁금하다.

작은 행복

누구나 삶을 살아가면서
행복을 꿈꾸며
그 희망으로 어려움을 이겨낸다.

억지로나마
행복을 잡으려고 하면
어느새 저 멀리 달아나고

조금이라도 욕심을 버리고
마음을 비우는 노력을
게을리하지 않으면

작은 행복은
어느 날 나도 모르게
내 곁에 조용히 찾아온다.

행복과 불행은
서로 멀리 있는 것이 아니고
내 곁에 가까이에 있기에

지금 행복한 마음은
어느새 불행한 마음으로
바뀔 수 있다.

누구나 삶을 살아가며
행복을 추구하지만
밖에서 행복을 얻으려고 하면
절대 쉽지가 않다.

비록 작은 것이라도
내 마음속에서 찾으려고
꾸준히 노력한다면

어느 순간 나도 모르게
작은 행복은
내 곁으로 살며시 다가온다.

마음 나누기

누구나 어느 순간에 마음의 문 닫히면
곁에 있는 이웃이라도
부담이 생기고

또다시 마음이 열리면
멀리 떨어져 있어도
바로 곁에 있듯이 느껴진다.

서로의 정을 가꾸고 싶거든
마음 나누는
노력이 필요하다.

눈에 보이지 않더라도
서로 마음 나누기할 수 있다면
버거운 삶의 텃밭에서
그래도 작은 미소 지을 수 있으리라.

힘들고 괴로운 삶 속에서도
잘 버텨내고 견딜 수 있는
힘이 생길 것이다.

어느 순간에
애틋한 마음으로 좋은 우정을
나눌 수도 있으리라.

저마다 마음 나누기
잘할 수 있다면
모두 좋은 만남으로
작은 행복 맛볼 수 있으리라.

풍경소리

마음이 외롭고
가슴이 시린 날은
늘 조용한 산사를 찾는다.

어느새 나뭇잎 떨어져
벌거벗은 나무도
싸늘한 바람 앞에 온몸을 내맡기고

절집 추녀 끝에 매달린 풍경소리만이
찾아온 나그네에게
위로하듯 청아하게 들립니다.

풍경소리 귓가에 딸랑거리면
외롭고 시린 마음은
저만치 바람 따라 날아갑니다.

순간, 모든 것 정화되어
그저 범사에 감사한 마음이 가득하고
삶의 의욕 또다시 샘솟습니다.

너와 나의 마음

너와 나의 마음에
고요한 맑음이 하나 가득
오직 순수라는 이름으로
붉은 단풍에 새겨 놓았다.

우리라는 마음에
아름다운 인간애가 하나 가득
서로서로 마음 문을 활짝 열어놓아
고운 삶의 향기를 풍기어보자.

이 세상에 태어난 것
내 마음이 아니었지만
이 세상을 살아가는 것은
오직 이 마음이 흰 백지에
그리는 그림이라네.

호숫가에서

가을이 저무는
호숫가에서
한 줄기 찬바람이 불어온다.

붉은 단풍잎
하나둘씩 호반 위에
떨어질 때

멀리 산자락을 둘렀던
가을 안개가
어느새 호반 위에 내려앉았다.

가끔 내리는 빗방울은
호수에 동그라미 그리면서
저무는 가을이 아쉬운 듯
파문을 그려낸다.

솔향 그윽한

솔향 그윽한 솔숲을 보라
꽉 닫혀있던 마음이 활짝 열리고
새록새록 삶의 향기 되살아나리

솔 내음 폴폴 날리는 솔숲에는
아침부터 새들의 노랫소리
들려오고 반가운 몸짓을 하네

솔 향기 바람에 실리어 날리는
솔숲을 보면 가느다란 솔가지들
너울너울 흥겨워 춤을 춘다오

상현달

날마다 밤마다
고운 꿈을 여린 가슴속에 품더니
어느새 상현으로 기울며
노란빛을 냅니다.

높은 하늘은
푸르게 맑아 너무 차갑고
어둠은 고요히
겨울 나목(裸木) 가지에 내립니다.

또 한 해가
저물어가는 끝자락에서
어느덧 홀로
가슴속을 헤아릴 때면

날마다 걱정이
새록새록 일어나더라도
그저 오늘도 감사한 마음으로
또 하루를 접습니다.

각시붓꽃

푸른 잎 새 뒤에 숨어서
보랏빛 그윽한 모습
살포시 웃음 지으며 피어난 향기
그만 임에게 들켜버렸다.

어쩌나, 이 내 마음 깊은 곳
오롯이 임을 향한 그리움이 익어
나도 모르게 활짝 피었네

보라색 각시붓꽃
더는 감출 수 없는 내 모습
임을 향한 오롯한 마음

금불초 사랑

한낮 기온이 너무나 따뜻하여
세 송이 노란 금불초 얼굴이
정말 탐스럽게 익었네요

얼굴에 그리움이 가득하더니
임의 가슴속 깊은 곳에도
고운 모습으로 물이 들었습니다.

너무나 순수한 야생 금불초에
그윽하게 피어난 사랑이
송골송골 그대 이마에 맺혀있네요

맑고 고운 사랑이란
아마도 해맑은
금불초 모습일 거예요

조용히 꽃을 바라보고 있는
그대의 가슴 또한
노란 금불초 꽃잎 같겠죠

반달

희붐한 새벽이 지나
먼동이 트면
어느새 고운 모습을
하현(下弦)으로 기울며

얼굴에는
작은 미소를 머금고
싸늘한 바람 불어도
그윽하게 빛을 냅니다.

옷깃을 여미며
혼자서 돌담길을 걷고 있는
내 가슴속으로
조용히 안겨드는
그대는 노란 반달입니다.

달을 보는 마음

마음이 답답하면
저 하늘에 떠 있는 달을 보시고
가슴이 답답할 때도
저 하늘 위 둥그런 달을 쳐다보세요.

조용히 달을 바라다보고 있으면
저 달 속에 내 마음이 웃고 있고
가만히 저 달을 쳐다보고 있으면
그동안 답답한 마음 한순간에 없어집니다.

언제나 똑같은 달이건마는
어떤 때는 이지러지고
어떤 때는 둥그스름해지는 것은
우주의 질서와 조화의 모습

사람의 마음도
매번 변하는 저 달처럼
때로는 이지러지고
때로는 둥그렇게 웃음 짓네요.

마음은 흐렸다가 맑았다
슬펐다, 기뻤다 할 수 있으니
마음이 답답해지면
저 하늘 위에 조용히 떠 있는
달을 바라보면서
스스로 마음을 추슬러 보세요.

꽃길 따라서

꽃길 따라 걸어보자
그윽한 풀꽃향이
은은하게 풍깁니다.

꽃길 따라 웃어보자
세상의 온갖 힘든 사연들
환한 꽃의 미소에
몽땅 달아납니다.

꽃길 따라 걷노라면
벌들이 나를 따르고
바람에 떨어지는
하얀 꽃잎은
얼굴을 간질입니다.

진달래 개나리 금잔화
하얗게 휘날리는 벚꽃잎까지
모두 모두 나의 친구들
나비도 덩달아 흥겨워하며
춤을 춥니다.

부부의 정

한 잔의 커피에도
아름다운 마음이 들어있지요.

투박하기 그지없는
질그릇 커피잔에
담겨있는 아내의 마음이
고운 모습으로 비칩니다.

모카 향이
모락모락 피어나는
커피 한 잔을

작은 소반에 들고온 아내가
하루의 피로를 이슬 한 잔에
털어버린 남편에게

그윽한 당신의 마음을
모락모락 피어나는
모카 향에 담아왔습니다.

당신 한 모금에
내 웃음이 얼굴에 가득하고
나 한 모금에
당신의 수줍음이 가득하네요.

송화(松花)

솔숲에 바람이 불어오면
연초록의 송화가
촛불처럼 흔들립니다.

오월의 햇볕이 내리쬐면
촛대 같은 송화가
반짝반짝 빛을 내는데

한 줄기 바람이 건듯 불어오니
기다란 송화가
흔들흔들 춤을 춥니다.

산등성이 아래 펼쳐진
아카시아 꽃 숲에
꼭 흰 눈이 덮인 것 같습니다.

개울

엊그제 내린 비가
개울에서

보를 타고 넘쳐흘러
폭포가 되었다.

따갑게 내리쪼이는
오후의 햇볕에서

번뜩이는 고기 비늘은
물 위를 박차고 튀어 오른다.

봄비

자락 봄비 내리는 오늘
영롱한 물방울이
가녀린 나뭇가지 끝에
노란 꽃송이와 함께 곱게 피었다.

너무나도 추웠던
지난겨울도 잘 견디어내고
자락 봄비 내리는 오늘
산수유 조용히 피어나
맑고 고운 향기를 풍긴다.

촉촉하게 젖어든 대지에
그윽한 봄꽃향기 피어나서
시린 가슴을 보듬고

귓가에 조용히 다가와
속삭이듯 내리는 봄비 소리가
메마른 내 가슴을 적신다.

솔숲에 서면

솔향 그윽한 솔숲에 서면
꽉 닫혀있던 마음이 활짝 열리고
새록새록 삶의 향기 되살아난다.

솔 냄새 폴폴 날리는 솔숲에는
새들의 노랫소리 귓가에 들리고
작은 새 날갯짓하는 모습 정겹다.

솔향 바람에 실려오는 솔숲에서
가느다란 솔가지들 잔바람에
너울너울 흥겨워 춤을 춥니다.

강심(江心)

강물에 떠 있는 빈 배와 같이
내 마음 모두 비워서
아름다운 것 모두 담고 싶어라.

산골짝에서 격렬하게
흐르던 물도
커다란 강에 다다르니
참으로 조용해진다오.

사공도 손님도 없는 빈 배
강가에 한가로이 매어져 있으면
아름다운 손님들을
모두 정답게 맞이하리라.

제 3부 바람이 전하는 말

절집 추녀 끝의 풍경들이
바람이 전하는 말을 듣고서
뗑그렁 울리면서 온 세상을 향해
바람이 가지고 온 이야기를 전한다.

뗑그렁뗑그렁
이제 정말 새봄이 찾아왔다고
청아하게 울려댄다.

주변에 가득한 솔숲 사이로
봄바람이 역시 불어오니
솔숲도 살랑살랑

바람이 전하는 말을 새겨듣고서
이제 겨울은 아주 물러가고
따뜻한 봄이 왔다고 금수산에 전한다.

하얀 반달

아침에는 하늘에서
흰 눈꽃가루 송송 날리더니
오후에는 창 너머 언덕 위로
하얀 반달이 떠올랐어요.

아직도 구름이 풍성하고
언덕 위 흰 눈꽃이 피어 있는데
조용히 떠오른 하얀 반달은
어느새 고운 모습으로 웃고 있네요.

하늘에서 흰 꽃가루
미처 다 내리지 못하고
하얀 반달의 얼굴을 단장하여
사랑의 미소를 전하네요.

봄볕

어젯밤에는 봄비가
촉촉이 내리더니
따뜻한 봄볕이 찾아왔어요.

매화나무 가지에는
아름다운 사랑이 열려 있어서
언제나 나를 반겨줍니다.

도톰한 입술을 앙증맞게
하나 둘 벌리고 있는 모습이
참으로 매혹적이어서
내 마음에 매화꽃 사랑이 가득합니다.

온종일 봄볕은 따스하니
나래를 활짝 펴고
우아하게 날갯짓하는
까치의 자태는 너무나 멋집니다.

고운 봄 내음에 취해서
그저 가만히 보고 있노라면
매화꽃송이 몇 개 피어나
나를 보며 방긋 웃고 있어요.

작은 새

조용한 휴일 아침
맑은 햇살 떠오를 때면
솔숲은 매우 조용하다.

봄이 오는 길목에서
까치 한 마리가
꽁지를 들썩이며 종종거리다
나뭇가지 하나 물고
제 둥지를 수리하러 날아간다.

야트막한 언덕 위
벌거벗은 나뭇가지에
작은 새 한 마리가 조용히 앉아있다.

양 짓 녘 햇볕 따스하니
휘휘 늘어진 가지 끝에는
연초록색이 빛나고

새봄은 벌써 찾아온 듯
작은 새 한 마리가
마냥 여유롭고 한가하다.

봄이 오는 소리

바람도 잦아든
휴일의 아침입니다.

햇볕은 마냥 따스하여
매화 꽃망울에 손끝을 대면
톡 톡 톡
꽃잎이 열리는 소리 들리는 것 같습니다.

솔 향기 그윽한
휴일의 아침입니다.

대숲에도 조용히 그림자 찾아와
머물고 있어서
참새들도 잠시 숨을 돌렸습니다.

귀족 같은 백목련 꽃봉오리에
점점 자라는 유백색 솜털
봄이 찾아옴을 까치와 함께 기다립니다.

봄이 오는 소리 들릴 것 같은
조용한 휴일의 아침
맛깔스러운 커피 향기도
살며시 찾아오는 새봄을 반깁니다.

바람이 전하는 말

청풍호가 눈 아래 보이는 곳
금수산 중턱의 벼랑바위 아래
아름다운 암자(庵子) 정방사가
천 년을 이어오며 자리 잡고 있다.

바위틈에서 똑똑 흘러내리는 석간수가
움푹 팬 곳에 모여 작은 샘물을 이루고 있어
버거운 삶에 지친 이들의
메마른 갈증을 속 시원하게 풀어준다.

절집 추녀 끝의 풍경들이
바람이 전하는 말을 듣고서
뗑그렁 울리면서 온 세상을 향해
바람이 가지고 온 이야기를 전한다.

뗑그렁뗑그렁
이제 정말 새봄이 찾아왔다고
청아하게 울려댄다.

주변에 가득한 솔숲 사이로
봄바람이 역시 불어오니
솔숲도 살랑살랑

바람이 전하는 말을 새겨듣고서
이제 겨울은 아주 물러가고
따뜻한 봄이 왔다고 금수산에 전한다.

*청풍호 : 남한강 물줄기가 충주 댐으로 도착하기 전 충북 제천시를
　　　　 휘감아 돌며 호반을 이루고 있는 곳을 청풍호라고 부른다.
*금수산 : 충북 제천시 소재의 명산 이름
*정방사 : 충북 제천시 금수산 중턱에 자리 잡은 사찰의 이름

진달래

잔솔밭 그늘 드리워진 곳에
옹기종기 모여있는 임은
분홍빛 고운 꽃송이

야트막한 언덕 위에도
따뜻한 봄볕이 찾아들고
하얗게 벙그는 벚꽃을 지나
까치가 유유히 날아갑니다.

두 손을 오롯이 모으고
사뿐히 지르밟는 임의 자세로
말없이 그 고운 가슴을
붉게 물들이는 진달래꽃

산들 봄바람이 스칠 때면
임의 사랑이 절로 그리워서
노란 별 되어
하나 둘 떨어지는 개나리 꽃잎

벚꽃

하얀 벚꽃이 벙그는 계절
노란 별들도 휘어진 가지에 매달려 웃음 짓고
진달래 분홍빛으로 그윽한 임은
날마다 그리움으로 이슬이 맺힙니다.

하얀 벚꽃이 벙그는 계절
뒤뜰의 백목련도 활짝 웃음 웃고
매화꽃 잎은 하나 둘 바람에 날려
어디론가 정처 없이 떠나갑니다.

하얀 벚꽃이 벙그는 계절
때늦은 붉은 동백꽃은
가슴속에 품은 못다 한 사연을
한바탕 웃음으로 푸른 하늘에 날려 보냅니다.

봄볕이 가득하던 날

어제는 꽃샘추위 때문에
싸늘한 바람 불더니
오늘은 따뜻한 봄볕이 가득합니다.

날마다 살펴보는 매화나무에
아름다운 사랑이 열려 있어서
언제나 나를 반겨주고

도톰한 입술을 앙증맞게
하나 둘 벌리고 있어
참으로 매혹적인 모습입니다.

하늘은 파랗고
햇볕은 따사로우니
더욱 봄기운이 가득하고

나래를 활짝 펴고
하늘을 향해 솟구치는 까치의 모습에
우아함이 배어있네요.

맑고 고운 봄 내음에
한없이 취해서
그저 가만히 보고 있노라면

내 마음속 가득히
매화꽃이 활짝 피어나
그윽하게 웃고 있어요.

동백꽃

서산에 뉘엿뉘엿해 넘어갈 때
낙조는 앞동산에 걸리고
기다란 나무 의자에 걸터앉아서
오늘 하루를 관조한다.

아직도 햇살이 동백꽃에서
떠날 수 없어
눈부시게 비칠 때

장미같이 검붉은 동백꽃
연분홍 살구색의 동백꽃
너무나 맑은 홍색의 동백꽃

이 모두가 동백꽃인데
저마다 독특한 아름다움
서로서로 자랑하고 있다.

여덟에서 열 장까지 있는
동백나무의 꽃잎은
실바람 앞에서 말없이 흔들린다.

바람이 불 때마다
우아하게 벌어지는 꽃잎 속에서
노란 작은 꽃술이

원통 같은 속을 언뜻 내비치고
바람 흘러간 뒤에는
다시 꼭꼭 가슴속에 숨는다.

아무나 누구나
차마 사랑하기는 싫어
오직 단 하나
내 임 앞에서만
그윽한 미소를 짓는다.

개나리꽃

바람도 잦아드는
저녁나절에
가느다란 가지에 노란 별들이

하나 둘
셋 넷 다섯 개
살며시 고개 숙였습니다.

아직은 활짝
피어나지 않았어도
옹기종기 여기저기
노란색으로 물들어갑니다.

하얀 기둥으로
둘러친 언덕 위에
휘늘어진 개나리 나뭇가지에

샛노란 별들이
찬란하게 떠오르려면
조금 더 하얀 햇살
필요하겠지요.

야생화

금꿩의다리

맑은 보라색 앙증맞은 꽃
금꿩의다리
그 이름마저도 아름답구나

순수한 모습 속에
가득한 것은
맑은 기운이 아니던가

금꿩의다리
오염 하나 없는 야생화의 이름
오직 가슴 맑은 이
품에만 안겨드는구나.

봄 풍경

하늘은 푸르고
구름은 하얗게 흐를 때
분홍빛 진달래 너무나 곱고
노란 개나리꽃 아름다워라

그저 가만히 쳐다만 봐도
봄 향기 가득한 꽃밭에
나풀나풀 호랑나비 한 마리
다섯 잎 활짝 벌어진
매화꽃 가슴속으로 찾아왔어요.

붕붕거리는 꿀벌 한 마리도
호랑나비와 함께
그윽한 매화꽃향기에 취해
떠날 생각이 전혀 없습니다.

목련화

하얀 목련은
말없이 단아한데
보랏빛 자목련 꽃
누구를 위해
고운 자태를 뽐내고 있나

임이 오셔도
임이 가셔도
하얀 목련은 차마 말 못하고
옷깃만을 여미는데

임이 올 때나
임이 갈 때나
보랏빛 자목련 꽃
언제나 웃음 잃지 않습니다.

제비꽃

한 송이 제비꽃

조그만
잔디밭 한가운데
다소곳이 피어난 꽃

보랏빛으로 곱게
물드는
작은 가슴에

오롯이
임을 향한
일편단심만 가득하다.

꽃 비

어제 내린 비 때문인지
길가에 떨어진 꽃잎으로
가득합니다.

하얗게 흐드러진
벚꽃들이
온 세상을 수놓았습니다.

저마다
가슴속 담았던 그리움이
어제 내린 비에 넘쳐흘러서

저렇게
하얀 꽃길로
사랑을 수놓았는가 봅니다.

계곡의 봄

봄비 내리던 주말
등산로의 하얀 벚꽃은 봄비에 젖고
부는 바람에 떨어져 나뒹굴고 있다.

계곡을 찾아 오를 때
수직으로 서 있는 바위들이
병풍처럼 둘러친 곳에
조그만 폭포가 흐르고 있다.

수정처럼 맑은 물이
작은 폭포를 만들며 흐르는 곳에
하얀 조약돌과 흰 모래톱을
가르며 계곡물이 흐른다.

봄비 내리는 계곡의
우뚝 서 있는 바위 틈새에
분홍빛 고운 진달래가
수줍음을 속으로 감추며 활짝 웃는데
촉촉하게 내리는 봄비가
진달래 꽃잎을 어루만진다.

계곡 건너편 솔숲 아래쪽
오솔길 가의 산수유나무 한 그루에
노랗게 피어난 산수유 꽃이
내리는 봄비에 씻겨서
맑은 모습으로 너무나 곱다.

등꽃의 연가(戀歌)

호젓한 숲길을 지나가는데
등나무 넝쿨이 낭창낭창 늘어진 곳에
주렁주렁 포도송이 매달린 듯이
보랏빛 등꽃이 곱게 피었다.

멀리서 바라다볼 때는
숲 속에 포도송이가 익어서
매달려 있는 것으로 보였는데
가까이 다가서서 쳐다보노라면

싱그런 오월의 햇볕을 받아서
맑고 고운 모습으로
등꽃이 활짝 무리지어 피어나
살랑 부는 바람 앞에서
겸손하게 고개 숙여 인사를 합니다.

어디서 몰려 왔는지
수없이 많은 꿀벌이 붕붕 날갯짓하며
달콤한 꿀을 탐하느라고
지나가는 길손도 본체만체 외면하는데

마냥 수줍은 보랏빛 등꽃은
따가운 햇볕을 받아서
빛이나 반짝거리는 예쁜 모습으로
지나는 나그네에게 조용히 웃음 웃습니다.

실비 내릴 때

조용히 실비 내릴 때
붉은 꽃잎에 맺힌 물방울도

침묵하는 송화도
하얗게 맺힌 아카시아 꽃망울도

그리고 잎 새 뒤에 살짝 숨어서
영글어가는 초록 매실도

이슬 맺힌 풀잎들도
모두 모두 낮잠을 자고 있습니다.

초록 매실

작은 꽃밭에
연약하게 서 있는 매화나무
지난겨울 모진 바람에도
하얀 매화꽃을 활짝 피웠었지요.

이제는 푸른 잎 새 사이로
살짝 숨어서
고운 꿈을 안고 영글어가며
초록 매실로 자라났습니다.

적당히 동그랗고 적당히 살이 올라서
그 푸른 초록 피부는
살짝 잎 새 뒤로 비치는
햇살에 뽀얗게 윤이 나는군요.

아직은 무엇이 부끄러운지
바람 한 번 불어올 때 만
얼굴을 살짝 내밀고
바람이 잔잔해지면 얼른 얼굴을
푸른 잎 새 뒤로 감춥니다.

갑자기 참새 한 마리
날아오더니만
매화나무 가지에 앉아서
저 작은 부리로
초록 매실을 쪼려고 하는군요.

참새와 매화나무
그리고 푸른 잎 새 뒤에
꼭꼭 숨어있는 초록 매실
매화나무 가지에서
숨바꼭질하고 있습니다.

농촌 풍경

계곡 위 늘 푸른 솔은
살랑대는 봄바람 앞에서
웃음을 웃고

분홍빛 복사꽃이
야산 자락 능선 언덕 위에서
곱게 피었다.

복사꽃 하나 둘
피어난 과수원 밭에
노란 민들레도 꽃밭을 이루고

푸른 강물에는
흰 배가 한가로이 떠 있어
강낚시 즐기는 낚시꾼은
연신 낚싯대 휘두른다.

강가를 지나서
산모퉁이 돌아서니
봄 농사에 전념하는 시골 노부부가
허리가 휘도록 밭이랑을 고르고 있다.

제 4부 그대의 향기

눈꽃처럼 다가오는 그대의 향기
아름다운 모습으로
매화나무 가지에 살포시 내려앉았다.

사르르 눈을 감은 하얀 매화 꽃송이
한 줄기 바람이 불어와
더욱 고운 향기를 날려 보낸다.

춘란(春蘭)

춘란에 꽃대 하나
자라나더니
방금 난 꽃을 한 송이
피워올렸어요.

아직은 그리
화사하지 못하여도
갓 피어나 수줍은 모습으로
청초함, 더욱 머금었네요.

이제 조금 더 있으면
그윽한 난향을
오롯이 그대에게만
드릴 수 있을 거예요.

춘란(春蘭) 감상

살짝 휘어진 잎 새
초록빛 고운 자태(姿態)
너무나도 조용한 그 모습

한 줄기 부는 바람에
다소곳이 고개 숙이며
품위 있는 속내를 감추려고
말없이 미소 짓네요.

풍만한 꽃대 두 가지에
넉넉한 웃음 띤 두 얼굴은
말 없는 여인의 그윽한 마음
어느덧 사랑 가득 넘쳐 흘러요.

오염되지 않은 맑은 영혼은
영원한 미(美)의 극치
속세의 탐욕은
전혀 찾아볼 수 없으니
천상의 선녀 같아라.

난초 사랑

곱게 선을 내린 초록빛
다섯 폭 치마 사이로 보일 듯 말듯

수줍은 내 사랑 "난초"
목이 너무 길어 마냥 슬프고

대공 기다랗고 가늘어 너무 여린 것이
청초하고 수수하며 기품이 있고

내면의 단아함과 강인함을 두루 갖추어
나에겐 너무 과분한 상대라오

난초 미인

한 송이 오롯하게 피어난 임을
맑은 가슴에 품고
날마다 사랑하고 싶어라

너무나 고결한 난초 꽃
내 마음 활짝 열리면
그대가 그윽하게 안겨들고

내 마음이 굳게 닫히면
그대는 그저 단순한
한 송이 평범한 꽃으로 변하네

너무나도 순결한 한 송이 꽃은
그윽한 향기 머금고
절로 성스런 미인이 되네

매화(梅花)

한겨울 모진 추위에
단단히 동여매었던 붉은 갑옷을
상큼한 봄기운 찾아오니

어느새 활짝 벗어던지고
저리도 고운 모습으로
거듭 태어나 웃고 있나요

하얀 바람이 불어올 때면
사르르 눈을 감고

노란 햇살이 비치면
조용히 눈을 뜨며
스스로 얼굴 붉힙니다.

아직도 어린 순수한 마음
여린 가지에 남아 있어
앙증맞은 도톰한 속내 숨길 수 없고

오톨도톨 올망졸망 작은 꽃망울
마냥 가슴에 사랑이 샘솟습니다.

매화나무의 사랑

작은 나방이 집 하나
매달린 매화나무 가지에
사랑이 열려 있네요.

부는 바람은 쌀쌀해도
따스하게 내리쬐는 햇살에
조그만 사랑이 움트는군요.

매화나무가지마다
싸락눈 같은 꽃봉오리가
다닥다닥 매달렸어요.

아무리 찬 바람 불어도
가슴속 깊이 움트는 사랑을
도저히 막을 수 없나 봐요.

다시 추위가 찾아오면
가슴속 사연 피워내지 못하고
참고 또 참아서

따뜻한 봄기운이
찾아오면 매화꽃이
하얀 그리움으로 피어나겠죠.

그대의 향기

눈꽃처럼 다가오는 그대의 향기
아름다운 모습으로
매화나무 가지에 살포시 내려앉았다.

사르르 눈을 감은 하얀 매화 꽃송이
한 줄기 바람이 불어와
더욱 고운 향기를 날려 보낸다.

그대의 그윽한 향기를 찾아서
가까이 다가서면 어디론가 숨어버리고
멀리 물러서면 다시 또 내 가슴에 다가온다.

감자꽃

아침 햇살 밝게 빛나는 들녘을
이리저리 둘러보며 말없이 걷고 있을 때
개울가 옆 감자밭에 소담한 감자 꽃이 너무나 곱다.

모내기 이미 끝난 논에는 연초록 어린 모가
유월의 햇살 앞에서 부지런히 자라고
하얀 왜가리 먹이를 찾아서 이리저리 서성인다.

산자락 흘러내린 곳의 비탈진 밭에 심은
어린 옥수수도 철길에서 들려오는 기적 소리에
하루가 다르게 쑥쑥 키가 자라고

개망초 무리지어 피어 있는 개울가 옆의
감자밭에 피어난 감자 꽃이 너무나 그윽하다.

오월의 풍경

금잔화 빙그레 웃고 있을 때
옆에는 씀바귀 호위하듯 서 있고
키 작은 민들레 꽃은
다소곳이 앉아 있습니다.

쥐똥나무 파란 잎 새 사이로
앙증맞은 보라색 꽃 피어났으며
매화나무에 열린 매실은 점점 자라나
이제는 대추만 한 크기로 익어 갑니다.

영산홍 붉은 꽃과
분홍색 철쭉꽃도 흐드러지고
넝쿨장미 꽃망울도
여기저기 맺혀 있지요.

송화는 점점 피어나고
초록은 짙어 가는 계절에
라일락 향기 싱그럽고
보랏빛 등나무 꽃이 바람에 휘날립니다.

오월의 노래

넝쿨 장미가
담벼락을 타고 넘으며
방긋 웃는 오월이 왔습니다.

라일락 꽃향기는 더욱 그윽해지고
아카시아 꽃망울도 활짝 벌어지며
시냇가에 흐르는 맑은 물 반짝이는
오월이 왔습니다.

송화가 피어난 아름드리 소나무 아래
작은 연못가에서
강태공의 낚싯대가
춤을 추는 오월이 왔습니다.

논에는 맑은 물 가득 넘치고
소를 끌며 써레질하는 대신
경운기로 논을 가는
농부의 모습이 정겨운
오월이 왔습니다.

하늘은 푸르고 구름도 하얗고
싱그러운 바람과
따사로운 햇살 반짝이는
오월이 왔습니다.

초승달

엊그제 그믐밤에
홀로 깜깜하던 하늘이
차츰차츰 아기 손톱처럼 자라나
초승달이 되었지요.

가슴이 시리던 날이
며칠 지나더니
이제는 찡그렸던 얼굴을 펴고
동쪽 하늘에 반달의 모습으로
은은한 웃음 머금었네요.

이제 조금만 더 가슴이 시리면
가을 하늘에 중천으로 떠올라
한층 더 푸른 희망을 품고서
넉넉한 웃음 지을 수 있는
보름달이 될 수 있겠지요.

앙증맞은 버찌

QR코드
시낭송 : 이은숙

하얀 벚꽃의
화려한 모습을 언제 피웠나
차마 기억도 가물가물

오히려 벚꽃 떨어지던
만가(輓歌)의 모습
아직도 눈앞에 생생하다.

날마다 이른 더위 계속되어
더욱 초록빛으로
무성한 벚나무 숲에

한 줄기 바람이 불어와
살짝 들리는 잎 새 사이로
언뜻언뜻 드러나는 앙증맞은 버찌가

숲 속 벚나무 가지마다
가득가득 매달려
어느새 까맣게 영글어 간다.

석류

아직도 가슴에 품은
수많은 사연이
터질 것 같이 많고 많은데

그리움 쌓이고 쌓이게 되면
사랑으로 절로 터져 나오리.

붉고 붉은 석류는
사랑의 마음
한 줄기 가을바람에
허공으로 날아오르네

아름다운 마음과 마음은
바로 붉은 석류의 사랑 이려오.

베고니아

아직도 떠날 수 없는 슬픔에
얼굴에는 가녀린 홍조를 지울 수 없어
베고니아 붉은 꽃은
말없이 그 자리에 홀로 피어있네.

끊을 수 없는 인연의 사슬을
어이해 스스로 벗어나질 못하고
아직도 고운 사랑을 가슴에 품고 있네.

아~ 베고니아 꽃이여
이 낯설고 물 선 타향 땅에서
웬일인지 한숨 어려있는 눈물 자국만이
그 붉은 뺨에 가득 흘려 놓았는가.

국화꽃 향기

가을이 짙어질 때
바람은 차도
국화꽃 향기는 절로 풍긴다.

노란색 국화꽃
보라색 국화꽃
하얀색 국화꽃

저마다 색깔은 달라도
오롯이 그 향기는 같구나.

앞산에 단풍이 들고
뒷산에 솔방울 떨어져도
그대의 깊은 가슴속에
묻어놓은 사연들이
정녕 국화꽃 향기로 피어나리라.

아~
가을은 어느덧 깊어만 가니
스산한 바람이 불어오고
한 잎 두 잎 떨어져 내리는
낙엽을 바라볼 때
짙은 국화꽃 향기가 그립다.

국화 예찬

밤새 찬이슬 내려앉아서
아침 햇살에 영롱한 구슬처럼 빛나는
꽃잎의 모습에
마냥 가슴이 설렙니다.

살짝 벙글어지는
보라색 꽃봉오리는
오히려 수줍음이 가득한 듯
다소곳이 타오릅니다.

찬바람 불어올 때
더욱 빛나는 얼굴로 활짝 웃음 짓는
꽃송이가 고상하여라
절로 품위가 넘쳐흐릅니다.

칼날 같은 매서운 바람과
얼음장 같은 찬 서리에
오직 홀로 꼿꼿이 피어서

아무런 말이 없어도
온몸으로 절개와 지조의
꽃향내가 가득합니다.

동백, 그 황홀한 모습

따사로운 햇살이
찾아오면
너무나 황홀한 모습

한 줄기 불어오는
바람 앞에서 살며시 흔들리는
여덟 폭 붉은 꽃잎

가슴속 깊이
감추어둔 노란 속내
우뚝 선 자존심

한겨울 모진 추위에도
스스로 지켜내고
저리도 아름답게 피워내었소

아~
동백 그대의 은은한
모습이여

지나가는 길손의
넋 빠진 얼을
말없이 영원히 붙잡고 있소

낙엽(落葉)

QR코드
시낭송 : 노금선

이제, 갈 때가 되었나 보다.

노란 단풍으로 물들이고
사뿐히 바람 따라 날아가야지.

어느덧 가을바람 매일부는데
푸른 하늘엔 흰 구름 풍성하구나.

참으려 하여도 참을 수 없고
오직 노란 빛으로 색이 바랜다.

봄날의 수줍음도….
여름날의 뜨거움도….

이제는 옛날이야기
서늘한 바람 앞에서 가슴만 추워진다.

만추(晚秋)

QR코드
시낭송 : 박영애

이제, 더는 버틸 수 없기에
가끔 불어오는 찬바람에 여린 마음을 실어서
낙엽 되어 삶을 마감합니다.

이렇게 몸과 맘을
아름답게 버릴 수 있음을 감사하고
또다시 새봄을 기다리며
이제는 기쁜 마음으로 사라지렵니다.

어느새 싸늘한 바람 때문에
으스스 떨며 몸 가눌 수 없고
매일 아침 세상을
온통 하얀색으로 뒤덮으며 피어나는 안갯속으로
고운 향기를 만추(晚秋)에 날려보냅니다.

희붐한 새벽녘에
한바탕 기적을 울리고
덜커덩거리며 달려나가는 철마(鐵馬)가
더는 태울 수 없는
깊어가는 가을의 스산한 몸짓 같습니다.

아~~
이제 더는 버틸 수도 몸부림칠 수도 없고
버리고 비우고 내던져야만 하는
애잔한 가을날
사라져야만 하는 낙엽이여
그리고 만추(晚秋)의 슬픈 몸짓이여.

고추잠자리

비 갠 뒤에 은구슬이
솔잎에 방울방울 맺혔네.

한쪽 팔 늘어뜨린 솔가지에는
새파란 팽이처럼
솔방울 두 개 서로 마주 보고
달려있어 반짝입니다.

쑥부쟁이 무성한
풀밭 사이로
꽁지를 들썩이며
비행하던 참새 한 마리가
부리에 물고 있는
벌레 한 마리는
아직도 살아서 꿈틀댑니다.

초록으로 빛나는
풀밭 사이로
고추잠자리 여러 마리가
유유히 날갯짓하며
한가로운 비행을 하고 있습니다.

제 5부 시인의 마음

하얀 백지 위에
담아내는 검은 글씨를
이왕이면 향기로운
말과 글 되어서

시인의 맑은 마음을
글을 읽는 임들에게
선물하고 싶어요

기울어진 달

저 하늘에 홀로 떠 있어
노란 미소 참으로 은은합니다.

상현(上弦)으로 기울어진 모습
한 번 튕긴다면 거문고 소리가 날까

저 하늘에 상현으로 기울어
빛나는 얼굴의 달

깊은 밤하늘에 노란색으로
자신의 고운 모습을 그림 그립니다.

기울어진 그대의 얼굴에
그늘이 전혀 없어

어두운 밤에도
내 마음을 포근히 감싸줍니다.

흐린 날

하늘이 온통 잿빛 구름으로
뒤덮인 흐린 날에
이내 마음도 흐려지는가

그렇게도 맑고 순수한 마음을
언제나 유지하고 싶어도
도저히 어찌하지 못하는 속세의 필부(匹夫)

스스로 잘 다스리지 못하는
흐린 몸과 마음을
그냥 인내로서 참고 또 참아 이겨낸다.

시인의 마음

하얀 백지 위에
담아내는 검은 글씨를
이왕이면 향기로운
말과 글 되어서

시인의 맑은 마음을
글을 읽는 임들에게
선물하고 싶어요.

비록 온라인의
전파를 타더라도
바로 곁에서 만난 것처럼

아름다운 맘과 맘은
서로 고운 향기를 풍기며
맑은 우정으로 거듭 태어나

늘 향기롭고
범사에 감사하고
옹달샘 물이 퐁퐁 솟아나듯이
오염되지 않은 순수함으로

우리들의 아름다운 마음도
좋은 인연의 샘물 되어 솟아나
작은 시냇물을 이루고 강물이 되어
큰 바다로 흘러가리라.

너와 나

너와 나의 마음에
고요한 맑음을 가득 채워서
오롯이 순수한 기운을 나누고

우리 함께 우정을 나누는
도반이 되어보자고
붉은 단풍에 새겨 놓았다.

우리라는 마음에
아름다운 인간애를 가득 채우고
서로서로 마음 문을 활짝 열어놓아
고운 삶의 향기를 풍기어보자.

이 세상에 태어난 것은
내 마음으로
선택한 것 아니었지만

이 세상을 살아가는 것은
오직 내 마음이 흰 백지에
그리는 그림처럼

어떻게 하든지
내가 선택하고 내 마음먹기에
달려있다오.

구름

하얀 뭉게구름이
푸른 하늘 위에 풍성하게
그림을 그릴 때

어느새 하얀 반달이
구름 사이로
조용히 얼굴을 내밀고 있다.

살랑 바람이 찾아오니
풀숲에서 잠자리떼 날아올라
유유히 허공을 비행한다.

대숲도 잠시 숨을 멈추고
휴식을 취하는 참새들도
보금자리를 찾아갑니다.

난(蘭) 그림에 시(詩)를 덧붙이다

너무나도
무더운 어느 날
조용히 서재에 앉아서

한 줄기 시원한 바람이
창문을 타고 넘으며
기웃거릴 때

흰 삼베 옷 걸쳐입은
초로의 신사
수묵향기 짙게 밴 화선지에

넉넉한 마음으로
단아한 난을 그리며
새 생명을 불어넣고 있네요.

춘란은
여 미인(春蘭如美人)이라
춘란은 미인과 같다 함이고

아름다운 미인의 모습도
여럿 있듯이
난 또한 여러 미인의 모습 있으니

말없이 난을 그리는
초로의 신사
그만, 생기발랄한 미인을 그렸습니다.

마음이 외롭거든

고즈넉한 겨울 산사의
절집 추녀 끝에 매달린 풍경이
조용한 세상을 일깨우듯이
청아하게 울린다.

겨울 강추위에 찾는 이 하나 없는
산신각 입구의 고목 위에서
까치 한 마리가 날갯짓하며 놀고 있다.

추녀 끝의 풍경 하나가
부는 바람에 온몸을 맡기고
딸랑딸랑 울리면서
오직 묵언으로 참선 삼매에 들어 있는 듯
산신각의 고요함을 깨우고 있다.

누구나 마음이 외롭거든
한 번쯤 짬을 내어
고즈넉한 겨울 산사를 찾을 수 있다면,
속세의 삶에서 오염된 마음을
풍경소리 들으며 깨끗하게
닦아낼 수 있으리라.

비록 속세에 다시 돌아와
마음이 다시 무거워진다 하여도
또다시 풍경소리 들으며
언제든지 비워낼 수 있으리라.

마음이 외로운 사람이라면
누구나 한 번쯤은
고즈넉한 겨울 산사를 찾아서,
속세의 삶에서 얻은
무거운 마음을 가볍게 내려놓고서
마음의 평화를 조금 얻을 수 있다면
그래도 작은 행복 느낄 수 있으리라.

가야산에서

천 년을 말없이 서 있는 저 늙은 느티나무는
일주문 앞에서 빙그레 웃음 웃으며
언제나 변함없이 해인(海印)의 법보(法寶)를 지키고 있다.

흐르는 물소리 휘돌아 감돌아 돌고
지저귀는 산 새들 소리가
불경(佛經)을 읊조리는 듯할 때
여기 천 년의 깨달음이 인연 있는 자에게
언제나 내림으로 전달됩니다.

아미타불 목탁 소리는 삿 된 기운을 몰아내
속세의 온갖 때를 벗기어내고
해인사를 찾은 나그네는 그저 가슴이 애잔하구나.

아직도 속세의 못다 버린 응어리
두터운 업장으로 남아 있음을 느끼고
그저 인내 또 인내로
방하착(放下着)을 되새기면서
응어리진 마음 비워지기를 기다립니다.

*해인(海印): 너른 큰 바다의 파도 하나 없는 잔잔한 형태를 빌어서
　　　　　　　수행자의 깨달음을 얻은 고요하고 청정한 마음의 상태
　　　　　　　를 표현한 말로 즉 열반의 세계를 말함.
*법보(法寶): 해인사에 보관하고 있는 팔만대장경을 불가에서는 법
　　　　　　　보라고 함.
*방하착(放下着): 마음속의 온갖 오염된 모든 것들을 모두 내려놓는
　　　　　　　것을 말함.

암자(庵子)에서

맑은 물 흐르는 강을
말없이 내려다보며
벼랑 위 암자(庵子)에서

노스님은 나무 관세음보살
염불 대신에

고요히 흐르는 강물에
눈길을 주며

오롯이 참선 삼매경에
빠져 있구나.

국화꽃 1

자줏빛 고운 꽃망울에는
정갈한 임의 향기가 배어있고

수줍어 피어나는 꽃송이에
상큼한 사랑이 피어납니다.

은은한 국화의 모습엔
풋풋한 그리움이 피어나고

자줏빛으로 벙그는 꽃잎 사이로
그대의 모습이 비칩니다.

국화꽃 2

작고 소담했던 꽃망울이
어느새 보랏빛 얼굴로

빙긋 웃음을 웃네요
물론 그윽한 향기도 황홀하지요.

찬 바람이
싸~ 불어온다면

은은한 사랑으로
활짝 피어나겠지요.

가을 노래

하늘이 저렇게 푸른데
구름은 하얗게 웃으며 흘러간다.

한 줄기 맑은 바람은 내 가슴을 헤집고
찌르르 풀벌레 소리는
어느덧 가을임을 노래하네.

두 줄로 나 있는 작은 길옆에서
노란 국화 웃음 짓고 있으며
언덕 위 바위틈 아래 서 있는 작은 감나무에
파란 감들이 주렁주렁 매달려 있다.

대숲 사이로 불어오는
한 줄기 바람 앞에서
붉은 고추잠자리 외롭게 비행한다.

밝은 햇살이 비치는 곳으로
팔랑거리며 낙엽 한 장이 떨어지니
정녕, 가을은 내 마음에도 찾아왔구나.

가을밤

휴일을 마감하는 가을밤
감미로운 음악의 선율이 흐르고
어둠이 이미 내린 창가에

싸늘한 바람이 찾아와
가끔 창문을 흔드는 밤에
홀로 조용히 마음을 가다듬네.

너무나도 번잡했던
한 주가 지나고
이제 몇 분이 지나면
새로운 한 주가 시작됨을 기다리며

그동안 번잡하였던 마음을
몽땅 내려놓으며
조용히 숨을 고른다.

점점 더 깊어가는 가을밤에
누적된 삿 된 마음을 정화하면서
한동안 닫혀 있던 마음 문을
살며시 열어본다.

그리고 마음속에 심어 놓아둔
시심(詩心)의 씨앗을 꺼내어
조용히 적어본다.

청설모

늙은 청설모
한 마리가
솔가지 끝에서 재주부린다.

휘어진 꼬리는
꼭 말총 같아 풍성한데
윤기가 자르르 흐르는 검은색이다.

몸통은 웬만한
산토끼 크기 같아
허허, 그놈 참으로 위엄있구나.

하는 행동은 얼마나 날쌘지
한 번 이 솔가지 끝에서 도약하면
휙 하고 날아오르듯 하니

공간을 가르면서
저 솔가지 사이로 어느새
사라져 숨어 버린다.

푸른 솔숲과 늙은 청설모
둘이는 서로 닮아서
자연의 마음으로
어느새 하나가 되어 버렸다.

겨울 채비

늦가을 비 갠 뒤
찬바람 싸늘히 불어와
겨울을 재촉합니다.

불어오는 싸늘한 바람에
보랏빛 국화 향기 더욱 빛나고
붉은 단풍잎 하나 둘
아름다운 은퇴를 하고 있네요.

또다시 새봄을 기다리면서
담담하고 의연한 모습으로
겨울 채비를 갖춥니다.

올해는 유난히도
비, 바람, 따가운 햇볕이 잦아

이제 사라져 가는 저 나뭇잎에도
아직 윤기가 흘러 맑고 고운 빛깔로
조용히 생을 마감합니다.

조용히 내년을 기대하며
겨울 채비를 갖추는 나무의 덕(德)을
흠모하지 않을 수 없습니다.

겨울 아침

이른 아침이면
어김없이 피어나는 하얀 안갯속으로
철마(鐵馬)는 고독을 벗 삼아
덜커덩거리며 내달린다.

철길 넘어 걸어가는 들길 옆으로
휑하니 비어있는 논과 밭 웅덩이엔
밤새 하얀 얼음이 얼어있고

초라하게 말라버린 들꽃 위에는
하얀 안개꽃이
차가운 입김을 불어내듯 피어있다.

겨울 안개

먼 산 능선마다
흰 눈이 쌓여있는 날이면
산자락을 휘두르고 달려 내려와

얼음 가득한 냇가를 건너서
너른 벌판 가로질러 마을 앞까지
온통 하얀 안개가 자욱하다.

강추위가 지속하여서
동구 밖 느티나무 가지마다
눈꽃이 하얗게 피어있기에

살짝 스치며 지나는 바람에
바스러지며 흰 눈꽃가루 휘날린다.

철길 옆에 서 있는
외로운 수은등 가물거리면
강 건넛마을에도

하나 둘 켜지는 등불이
이른 새벽의 안갯속에서
별빛처럼 반짝거린다.

겨울밤

눈 내리는 겨울밤

벌써 깊은 밤인데
창밖에는 함박눈이 내리고
이따금 부는 바람에 실리어
창문을 톡톡 두드립니다.

따뜻한 거실에서
컴퓨터 자판을 두드리던 시인
갑자기 찾아온 시심(詩心)이
군고구마 향기처럼 다가옵니다.

톡톡 창문을 두드리며
눈 내리는 겨울밤
조용히 시상(詩想)에 젖어들어
말없이 창밖을 쳐다보고 있습니다.

詩로 세상을 Healing하는 시인

임재화 시인은 소박한 마음으로 자연을 사랑한다. 눈으로 보이는 모든 자연을 사랑하며 그것과 자신만의 Storytelling을 만든다. 시인이 시를 지을 때 가장 많은 대상으로 찾는 것이 바로 자연이다. 자연은 쉽게 얻을 수 있는 대상이지만 실로 위대한 능력으로 인간을 치유하기도 하기 때문이다. 보는 것과 듣는 것 그리고 마음으로 느낄 수 있는 자연은 현대를 살아가면서 얻은 병을 치유하는 분명한 안식처임을 임재화 시인은 자연과 시를 통해 문학이 가진 힘으로 보여 주고 있다.

임재화 시인의 시집 "대숲에서"는 잘 가꾸어진 정원을 보는 것과 같다. 정원에 정성스레 가꾸어진 한 편 한 편의 나무와 같은 작품은 승화된 정서적 감성을 지니고 있으면서도 자기성찰과 이성을 가진 소유자의 모습으로 독자들에게 다가선다. 시인이 자신만의 색을 보여줄 때 비로소 독자들은 그의 작품 세상에서 대리만족을 느끼며 함께하고 싶은 마음을 만들어간다. 탄탄한 기본기와 시인으로서의 능력을 볼 수 있는 시집 한 권을 힐링이 필요한 사람과 문학을 아끼고 사랑하는 독자들에게 추천한다.

사단법인 창작문학예술인협의회 이사장 **김락호**

대숲에서

임재화 시집

초판 1쇄 : 2013년 8월 10일

지 은 이 : 임재화

펴 낸 이 : 김락호

디자인 편집 : 한지나

기 획 : 시사랑 음악사랑

인 쇄 : 청룡

연 락 처 : 1899-1341

홈페이지 주소 : www.poemmusic.net

E-Mail : poemarts@hanmail.net

정가 : 10,000원

ISBN : 978-89-91664-64-7